JN071512

初がすみ

高橋玉舟　遺句集

Takahashi Gyokusyu

コールサック社

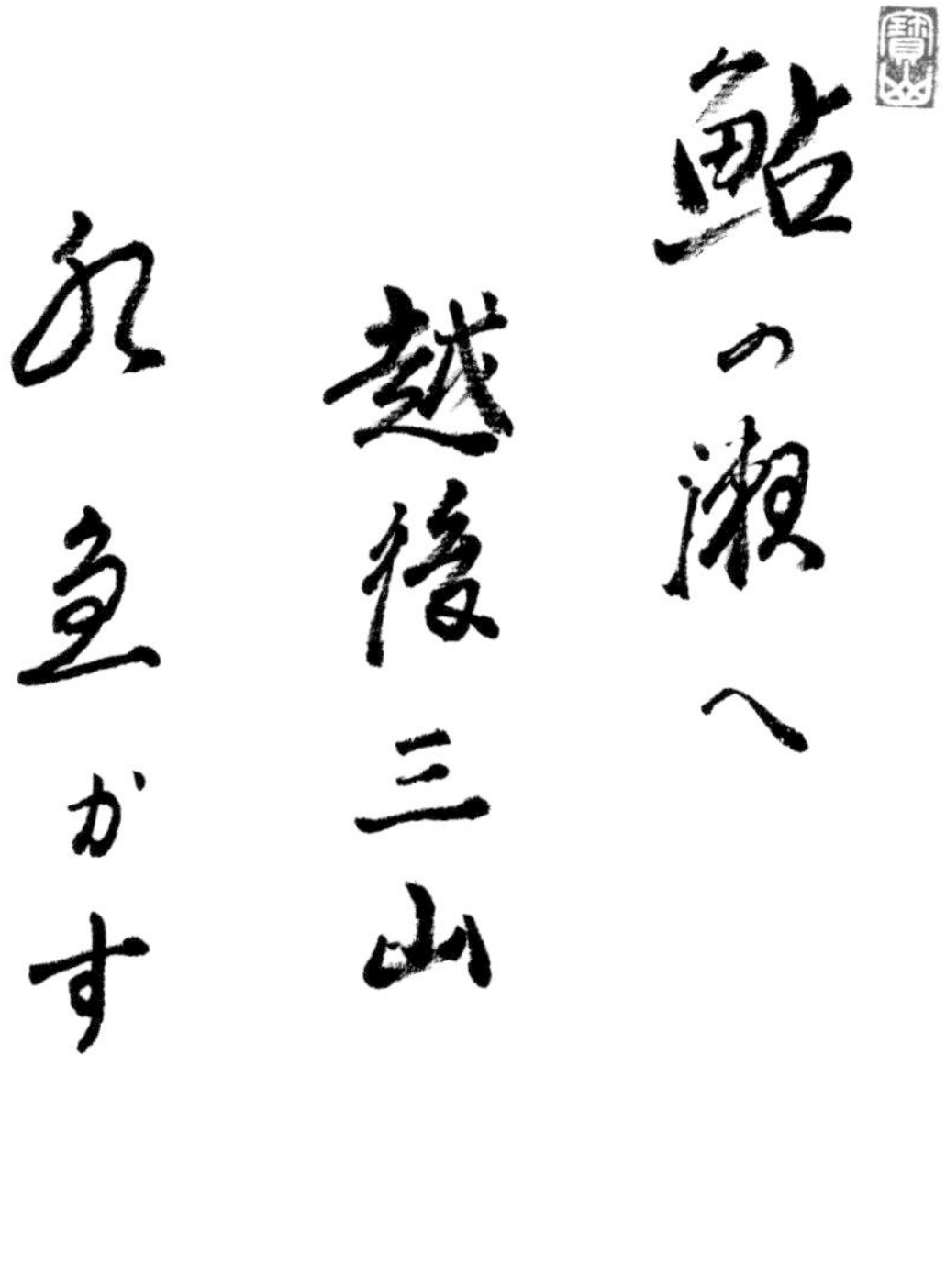

鮎の瀬へ越後三山水急《せ》かす

序

髙橋玉舟さんがいには俳句会に入会されたのは平成21年のことだった。同年11・12月号（29号）に初めて作品が出ている。いには俳句会は平成17年4月に創刊、そのころまだ隔月刊行であった。

そこぬけの越後平野の刈田晴

佐渡がよく見え秋耕の気に敵ふ

等、6句掲載、いずれも越後の風土色の濃い温厚な人柄がにじむあたたかい俳句である。いには俳句会へ入会されたいきさつは聞いていないが、大野林火先生が新潟の俳句大会に選者、および講師として招かれた時の事を楽しそうに話しておられたのを記憶していた。そこで林火が新潟に講演に行った年を年譜で探ってみたところ、昭和31年10月、三条市俳句作家連盟・新潟県俳句大会に出席、講演、とあった。玉舟さんはおそらくこの大会で林火先生にお目にかかり講演を聞かれたのに違いない。ご家族の方のお話によると、玉舟さんは祖父の影響で俳句を始めたとのこと。昭和29年21歳の作品十五句が原稿に書き添えられてあった。

深緑の歩み口笛おのづから
炎天に挑み起重機グンと伸ぶ
花萩に山のかげりの蒼く澄む

その中から三句挙げた。青春性に満ちた句であるが、初心とは思えない確かな表現力と感性が窺える。もっと前から俳句を嗜んでいらっしゃったに違いない。この二年後の俳句大会での林火との出会いは、玉舟さんの作句意欲を大いに掻き立てた事であろうと推察できる。

平成23年より「いには」同人に昇格、6月の同人一泊吟行会の越後だるま高原で初めてお会いした。越後訛りの優しい笑顔がとても印象的だった。玉舟さんの案内で美人林といわれる山毛欅林を散策したり、樹齢千二百年ともいわれるご神木、虫川の大杉を仰いだり。そこで思いがけなく落し文を発見、初めて知った人もいて興味津々、皆でつぎつぎ開いてみた。卵を育んでいた落し文には気の毒な事をしてしまった。千枚田が見渡せる峠で草笛を鳴らしたこと等、思い出の多い実に楽しい吟行の旅だった。その夜の歓談では玉舟さん持参の一升瓶を囲み、恩田甲さん、伊奈秀典さん等と林火先生や「濱」の話で盛り上がった。雪だるま吟行での玉舟さんの作品が平成23年の11・12月号に載っている。

くびき野へひらく改札薄暑光
この青嶺安吾は黒谷村と書き
植田澄む美人林の水頒ち
親を抜き弥彦嶺を抜き今年竹

等々。私はその号で、玉舟さんと前書きを付けて、〈初目見え声涼やかに酒提げて〉と詠んでいる。

同年初冬の小諸練成会にも参加。24年1・2月号には、練成会の作品が掲載されている。

大くしやみしてほぐれたる旅の顔
購へり小諸記念の冬帽子
虹懸けてしぐるる小諸そを見たし
水瓶田はや棲み付かす冬の水
ぽつと日の差して綿虫溺れけり

等々。「大くしやみ」の句は当意即妙。挨拶句のお手本のような句である。玉舟さんの人間性がよく窺える。

24年11月の筑波山練成会にも参加、25年2月号に、

八つ折にして神留守の山の地図
枯 芝 に 礎 石 三 十 二 の 遺 蹟
かくてまた帽子を忘れ小春かな

等々。「八つ折」の句は高点句に輝き上機嫌であった。そういえば玉舟さんには帽子を詠んだ名句が多い。

その後、同人総会や新年会にも何度かお出かけくださり、そのたびに皆とお酒を酌み交わし、よくお話をされていた。玉舟さんの居るところにはいつも人が集まり、楽しい話し声がして、誰からも好まれたお人柄だったと思い起こされる。

平成27年、第五回いには同人賞受賞、第一集同人となった。その時の受賞の言葉を一部紹介しよう。


新潟でも県央の雪は恐るるに足らない。冬将軍の到来とて何等の驚きもないが、併

し意外の驚きが奇襲の如く飛んで来た。其れは「いには同人賞」の受賞の一報である。「いには」に学び「俳句以前」からを正すべく模索の途上にある我が身にそれは怖れの感も否めない。然し受賞は望外の喜びである。「日々新」を心掛け己の殻を破り責務に応えたく思う。

この謙虚なお人柄が滲む受賞の言葉を読み返し、万感胸に迫る思いがした。若輩の師である私に玉舟さんは林火先生の恩を返そうとしていらっしゃるのだと、頭の下がる思いがした。

玉舟さんはＰＴＡの会長、民生委員、文化協会会長等務められ、地方の名士であった。さらに将棋では新潟県代表として六度出場、第11回大会では全国三位になられたという。そういった身辺の多忙さもあってか、29年4月号より欠詠、31年2月号で再開。また欠詠の後、令和3年1月号から、「これからは決意新たに頑張る」と言われた。そこで4月号の年間展望でのエッセイを依頼、その執筆中の2月20日に脳梗塞で帰らぬ人となられたのである。その兆候は全く見受けられなかったとか、奥様がどんなに驚かれただろうかと察して余りがある。原稿依頼の電話をかけた時はとてもお元気で、「孫に嫁が決まってね、私の体を心配してお酒を控えるように言ってくれたが、私は酒はいくらでも飲めるんですよ」と嬉しそうにお話された言葉が今にも耳に残っている。

玉舟さんは〈いには〉にとっても本当に大切な人だった。これからは俳句に打ち込み、さらに力になっていただけるに違いないと思っていただけに落胆は大きい。ご家族にもきっと思いやりのあるいいお爺ちゃんであったことと思う。

今回、ご家族様より、ぜひ句集を残したいとお申し出があり、「いには」誌発表の句と地元の「絆」に発表されていた句を纏め、春夏秋冬の四季に並べて編纂した。拝読しながらそれらの句に癒されはげまされた。もっともっと句を拝見したかった、と残念で仕方がない。

けれども、この句集を読めばいつでも玉舟さんを思い出し偲ぶことができる。思い出す限り亡くなることはないという。この句集がご家族の、そして玉舟さんを知る人の良きよすがとなることを心から願っている。

令和三年　文月

いには俳句会主宰　村上喜代子

高橋玉舟遺句集　初がすみ　目次

髙橋玉舟　遺句集

初がすみ

春

百寿とて微笑《ほほえ》む媼《おうな》春立てり

牡丹雪《ぼたんゆき》あの子この子の深会釈

信濃より越後を百里雪解川《ゆきげがわ》

萱《かや》屋根の湯気立たせゐる雪解かな

どう見ても熊の雪形牛ヶ岳

角栄の郷も斑雪《はだれ》野斑雪《はだれ》山

角栄の産土《うぶすな》で摘む蕗《ふき》の薹《とう》
寺領《じりょう》なり蕗《ふき》の薹《とう》には目もくれず

越後三山色異なれる木《こ》の芽時

寒もどり異常なからし内視鏡

石負ふに似し喪の疲れ春の雪

春浅し島山朱鷺《とき》の影を秘め

焦げ臭き維新なる文字春浅し

鳶《とび》の輪の大きく木《こ》の芽空廻す

梅白し仏片肌脱ぎ給《たま》ふ

水《みず》鏡《かがみ》紅梅一枝艶増せる

鶯《うぐいす》のホーを略していま旺《さか》ん

主《しゅ》峰《ほう》へと鷹《たか》の輪移る芽吹き山

久に読む真砂女《まさじょ》句集や木《こ》の芽雨

啓蟄《けいちつ》やとつとつはこぶ老の杖

観音の御《おん》胸《むね》摩《さす》る木《こ》の芽《め》風《かぜ》

妻の得《え》手《て》大ぼたもちの彼岸かな

吾が句また点稼がざり山笑ふ

つくしんぼばかりが囲む無縁墓

一戸減り峡《かい》に土筆《つくし》野拡がれり

滅びゆくこの峡《かい》の村鳥曇

鳥雲に出で湯の里の薄ぐもり

大試験真向かふ孫へ言《こと》挙《あ》げず

猫交《さか》る露《ろ》座《ざ》御《み》仏《ほとけ》の真ん前に

日の暮れは木《こ》の芽匂ひて東龍寺

東龍寺春の日溜まり風溜まり

春《しゅん》陰《いん》や仏《ぶつ》画《が》火のいろ火のにほひ

外科医師の声高々と春医局

丈豊かなる杉・檜《ひのき》山笑ふ

無人駅いづこ踏み出すとも青き

木《こ》の芽《め》風《かぜ》潮風も来る風見鶏

草《くさ》萌《もえ》や書《しょ》架《か》より抜きし薬草書

棋士聡太はやも六段雨水かな

春遅々と遅々と余震のいつ果つる

避難者に木《き》の芽和など進ぜたし

高く飛び初蝶《はつちょう》おのれたしかむる

手術以後近づく五年春袷《はるあわせ》

わが身託す医師は不惑《ふわく》やシクラメン

蕗《ふき》味噌《みそ》や明日に日延べの休肝日

紺増やす瓢《ひょう》湖《こ》白鳥帰り次ぐ

平安は白鳥帰りたる瓢《ひょう》湖《こ》

引鳥《ひきどり》のこゑをこぼすは身の鼓舞《こぶ》か

地《じ》虫《むし》出て跳ねよ限界集落ぞ

桜まじ弥彦嶺《ね》の雲佐渡目指す

花冷えや弥彦様への廻り道

花冷えや大いなる月侍《はべ》らせて
弘前の一足遅き花便り

花冷えやお遍路像はみな女身《にょしん》

埴輪《はにわ》の眸《め》遠き世のいろ落花舞ふ

花ふぶき載せて一日の喪のテント

句帳閉づ落花一ひら込めしまま

花吹雪二の足を踏む丸木橋

席空くを待つレストラン花曇り

はるかにもかかるき会釈を花明り
掃除機に追立てらるる春の昼

縁側に春日差し込む日本晴

おちこちの耕人や背の若からず

村役はまだ区長職耕せり
名にし負ふ弥彦山影耕せり

伐《き》るべしと妻の言ふ梨花盛り

春風や距離を摑《つか》めぬ案内図

斑鳩《いかるが》の塔の空また蝶のそら
また次の春風に会ふ七曲り

春《しゅん》塵《じん》や素足に在《おわ》す観世音

雉《きじ》啼くや百戸の谿《たに》の空覚まし

撮られゐる蝶しづしづと翅《はね》伸ばす

先づ買はむ牧《ぼく》之《し》の里の蓬《よもぎ》餅《もち》

松の芯すつくすつくと興亡史

強東風《つよごち》や野鍛冶に匂ふ金気火気

野火の舌疱《い》瘡《も》の神《かみ》座《くら》舐めんとて

信濃川はさみ野焼きの火が競《きお》ふ

野火走るすは鎌倉へ馳すごとく

野焼の香五合庵へも籠りけり

畔焼くや沸かんばかりの水甕《かめ》田

裏弥彦僅《わず》かばかりの野焼かな

一村は菜の花ことばまで染まる

菜の花へ二キロその先信濃川

春の燈《ひ》を寄せて五輪の国探す

春障子少し開け酌《く》む鰍《かじか》酒

田蛙《たかわず》やあをあを暮《く》るる弥彦山

一信に言葉余れり春惜しむ

夏

菜食論妻得《とく》得《とく》と夏はじめ

不作とは言へど筍また貰《もら》ふ

結界を抜け出でし竹《たけ》皮《かわ》を脱ぐ
限界集落竹皮を脱ぐおのがじし

土《ど》鳩《ばと》鳴く竹皮脱ぐを促すか

存分に風の偏《へん》愛《あい》今年竹

傘《さん》雨《う》忌《き》や代《しろ》田《た》さざなみぴかぴかす

神《み》酒《き》少し注ぎ田植機ねぎらへる

植ゑし田を数へて忘れ千枚田

早《さ》苗《なえ》月《づき》祈るかたちの大藁《わら》家

植《うえ》田《た》澄む美人林の水頒《わか》ち

父の忌や早《さ》苗《な》饗《ぶり》頃か魚沼は

孫既に女医のこゑもて蛍呼ぶ

葛《くず》若《わか》葉《ば》嬬《つま》恋《ごい》村《むら》とガイド言ふ

余《よ》花《か》の雨法師温泉吊ランプ

若《わか》楓《かえで》照《しょう》顧《こ》脚《きゃっ》下《か》と庫《く》裏《り》の門

薫《くん》風《ぷう》や千年杉の息づかひ

新樹界瑞々しきは言の葉も

新樹萌ゆ星の千眼夜は掲げ
待ちてなど居らぬ父の日然《さ》りながら

新樹うねる越の地震《ない》痕尚赭《あか》く

麦《むぎ》仙《せん》翁《のう》その名問はるること三たび

くびき野へひらく改札薄暑《はくしょ》光《こう》

越後頸《くび》城《き》野《の》マリア観音黴《か》びゐずや

青葉して家ぢゅうが透《す》く杣《そま》の家

越後いま風ことごとく青田風

魚沼駒《こま》ケ岳鮎の瀬へ水まつしぐら
のぼる鮎目にし数ふる解禁日

鮎の瀬へ越後三山水急《せ》かす

駒《こま》ケ岳に雨鮎釣りの竿よくしなふ

訊《き》かずとも鮎の釣《ちょう》果《か》の声大き

梅雨に入る縄文土器のふかき翳《かげ》

ひかり曳く滴《したた》りは陽のしづくとも

藪蚊打つ打ちても打ちても奥只見

山《やま》棟《かがし》蛇尾を余しゐる野《の》面《づら》積み

揚羽蝶出入り自在や民具館

木《こ》下《した》闇《やみ》白猫颯《さっ》と過《よぎ》りたる

明日旅の地図へみどりの夜の風

旅程表湿る緑雨《りょくう》の傘の内

花藻《はなも》揺れ水光《か》げたたむ風のあり

水打つて息づくさまに陶の蟇《ひき》

四方青《あお》嶺《ね》谺《こだま》いづちの山よりす

越後越中越前緑雨《りょくう》一と連ね
咲き切つて山百合の茎《くき》やや猫背

借景に弥彦青嶺の句座やよし

この青《あお》嶺《ね》安《あん》吾《ご》は黑《くろ》谷《たに》村《むら》と書き

桜《おう》桃《とう》忌《き》われには安《あん》吾《ご》近しとも
千枚田夏山のその眉《び》目《もく》まで

禅林に四方《よも》の水音木《こ》下《した》闇《やみ》

民宿や嬶《かか》座《ざ》は山《やま》女《め》焼くところ

親を抜き弥彦嶺を抜き今《こ》年《とし》竹《だけ》

落し文掌《て》につつみ入る座禅堂

落し文発《ひら》くは俳人少数派

いしぶみに光陰の寂《じゃく》青《あお》蛙《がえる》

炎帝や日に焼きつきし胃の腫瘍

新潟癌センター

早期がん入院二週と医師涼し

梅雨滂《ぼう》沱《だ》幻視幻覚日に夜継ぎ

熱少し下がり九度二分明け易き

外科の扉《と》を出て向日葵《ひまわり》に視られけり

病歴の刃《メス》の一文字汗拭ふ

メスの痕《あと》露《あらわ》に涼し吾が書斎

浴衣着て十キロ痩せし身を匿《かく》す

この大暑吾が予後しかと信置ける
五年前夏至の此の日の癌告知

帰省子のおほかた失せし里《さと》訛《なまり》

サングラス錆《さ》びたナイフに声も似て

風鈴や妻吊り替へてよりの音

歯を抜いて炎《えん》昼《ちゅう》に息なまぐさし

父を越え半歳過ぎぬ夏椿

うぶすなの森は熊《くま》蟬《ぜみ》他を寄せず

五合庵吹き抜けのぼる青あらし
青嵐弥彦越ゆれば海の風

信濃川峰《みね》雲《ぐも》いくつくぐり来し

越後三山駒《こま》ヶ岳《ま》先《ま》づ烟《けむ》る白《はく》雨《う》かな

灼《や》くる嶺へ一つ如《によ》来《らい》のやうな雲

灯を消せば夏《なつ》嶺《ね》くろぐろ迫りくる

暮れてなほのこる弥彦嶺端《はし》居《い》かな

痩せ脛《すね》へ尺《しゃく》蠖《とり》くの字いくつ描く

羽《は》抜《ぬけ》鶏《どり》つんと片意地張りどほし

帰《き》省《せい》子《し》に父の野太きこゑはづむ

鳥図鑑いま欲し鳴くは十一か

青とかげ棚田の畔《あぜ》の一走者

カツカツと鳴つて昭和の扇風機

夏鴨に水の低さよ用水地

バリバリと剝《は》がす強《ごう》羅《ら》の宿浴衣

厄除けの寺のぐるりの蟻地獄

向日葵《ひまわり》やピアノ止みしを待ちて訪《と》ふ

瑠《る》璃《り》揚《あげ》羽《は》汝《な》レ謙信の墓守か

奥只見老鶯《ろうおう》谷を深くせり

炎暑《えんしょ》も佳し甥の選挙のふるさとへ

涼しさや越の大地の五合庵

天嶮《けん》の街郭《かっ》公《こう》と水嬉々と

郭公や駅舎出づればすぐ峠

郭公や地滑りの禍の果てぬ郷

妹の病む幾起伏夏終る

秋

飲食の自戒を殊に今朝の秋

街尽きて新涼の野に息正す

新涼やくびれ日に増す吾子《あこ》の頤《あご》

銀河濃し能登内浦のランプ宿

佐渡二泊銀河いよいよ濃かりけり

萩盛り林《りん》火《か》師三十三回忌

野の萩を括《くく》りぬ人に踏ませじと
萩散るや山が翳《かげ》れば翳《かげ》を帯び

落鮎へ越後三山水急《せ》かす

落し水鬨《とき》のこゑ上《あ》ぐ千枚田

耳鳴りの修羅に乱入かなかなかな

茶柱の翳《かげ》のみじろぎけふ白《はく》露《ろ》

曼珠沙華水神様へ飛火して
曼珠沙華水面《みなも》のくれなゐ連れて消ゆ

すきとほる空曼珠沙華紅ひたすら

思《し》惟《い》仏の思《し》惟《い》乱さずや鬼やんま

眼光が鬼やんまその総てなり

木犀の香に逍遥《しょうよう》を妻の強《し》ふ

木犀の香りに予後の三千歩
予後の径会ふ秋《あき》蝶《ちょう》に手上げつつ

四阿《あづまや》はちょうど五千歩秋澄めり

予後の腹秋の味覚を知らざりし

新米や予後の定めの腹七分

コロナ禍のゆゑの不義理や秋湿り

固すぎる京の八つ橋敬老日

乾杯の役果たしたる敬老日

世に出でし坂戸城址や新松子《しんちぢり》

水澄めり源流の岳逆しまに

籬《まがき》越え村を出る気の青ふくべ

搗《つ》き立ての施《せ》米《まい》を冷ます庫《く》裏《り》ゆたか

秋澄むやわれは自然派草食系

待望の一古書得たり秋高し

何求めて吾が膝《しっ》肘《ちゅう》へ草じらみ

聖観音艶めく肌へ秋の蜂《はち》

耳鳴りの修羅《しゅら》に秋思の暇《いとま》なし

野のにほひ児《こ》にびつしりと草虱《くさじらみ》

花芒《すすき》壺を充たせりもう揺れず
大うねりして芒《すすき》原《はら》佐渡揺する

大いなる闇《やみ》の刈田に人のこゑ
尼さまに付きゆく草の絮《わた》ありぬ

大《おお》萱《かや》場《ば》刈つて風音減らしけり

ゴボと鳴る地酒や子への秋の旅

朝霧の底に百里の信濃川

利根源流霧に隠れて霧を出づ

八海山の土を肌身に山の芋

掘り下手でどれも手負《ておい》の山の芋

先越され目当ての自《じ》然《ねん》薯《じょ》穴ばかり

秋《しゅう》声《せい》やこの里山に耳澄める

語らふに似て澄む水へたなごころ

霧しぐれ信濃すてたる信濃川

お仕舞の秋茄子妻と頒《わか》つ皿

百選の名水を汲む芋水車

そこぬけの越後平野の刈田晴

刈り上ぐる棚《たな》田《だ》城《じょう》塁《るい》攀《よ》づるごと

つゆけさや埴輪と埴輪めく翁《おきな》

桐一葉風のかたちを見せて落つ

秋七草問はれ折る指五本きり

喜寿われに茸《たけ》狩《がり》といふ出番あり

茸《たけ》山《やま》の狩り尽されてただの山

謙信の山の伏兵草じらみ

霧ゆくや藤村詩《し》碑《ひ》を湿らしつ

猫じやらしその本名は妻知らず

佐渡がよく見え秋耕の気に敵《かな》ふ
学僧の摺《す》り足紅葉《もみじ》かつ散れり

足跡も均《な》らして終る大根蒔《ま》き

刈田晴れ蒲《かん》原《ばら》五郡うづらいろ

爽《さわ》やかやこの里人の会釈癖

秋高し藤井聡太の桂馬ポン

美しき師《し》恩《おん》弟子運澄める秋

板《いた》盤《ばん》彫《ほり》駒《ごま》愛しける源《げん》義《よし》忌《き》

将棋好きなりし親しさ秋燕忌《しゅうえんき》

菊花展師も弟子われも佳作席

望月のいま弥彦嶺の朝の月

神遊び在《おわ》すや弥彦山粧《よそお》ふ

五合庵埋れし井の辺紅葉散る

秋夕焼大佐渡ははや墨染めに

菊《きく》膾《なます》ちちははの声ふと過《よ》ぎる

花鉢は妻の宰《さい》領《りょう》冬支度

賓《ひん》客のあり貼り掛けの障子あり

冬

虹懸けてしぐるる小《こ》諸《もろ》そを見たし

大くしやみしてほぐれたる旅の顔

八つ折にして神留守の山の地図

購《あがな》へり小諸記念の冬帽子

小間切れの旅の睡《ねむ》りや木の葉髪

小春日やバス待たせゐるあと一人

かくてまた帽子を忘れ小春かな

小春日や松のにほひの法隆寺

閉ざしある夢《ゆめ》殿《どの》紅葉散るばかり

鴨の陣鑑《がん》真《じん》御《ご》廟《びょう》護《まも》りをる

朱雀門《すざくもん》冬夕焼に朱を添ふる
身に添へり枯菊《かれぎく》を焚《た》くうすけむり

村ぢゆうへ頒《わけ》つ鎮守の朴《ほお》落葉

ぽつと日の差して綿《わた》虫《むし》溺《おぼ》れけり

道を逸《そ》れ枯れゆくものと息あはす

冬ざるる千枚田斯《か》く千の顔

水瓶《がめ》田はや棲み付かす冬の水

冬の田の鷺《さぎ》貴公子の如きかな

師の句碑に二ひら三ひら返り花

朱鷺《とき》を待ちゐるやも知れぬ枯木に日

日が濃くて朱鷺の来さうな枯木かな

推《すい》敲《こう》に打てぬピリオド竜の玉

束の間の路地の日をよび掛大根

山茶花《さざんか》や海光朝の庭に来る

虎落笛《もがりぶえ》一節疼《うず》く薬指

行く雲を見てをり十二月八日

木々に置く一語一語や雪囲

三枚に確《しか》と実印十二月

久《きゆう》闊《かつ》の顔見《み》紛《まが》ひぬ十二月

頰かむり解けば福相戻りけり

山茶花《さざんか》や画廊出し眼に彩《いろ》つづく

田に群るる白鳥鴨に湖《うみ》あづけ

耳鳴りの修羅をつんざく冬の鵙《もず》

見張り鴨《かも》なりやさみしき鴨《かも》なりや

吊橋に繋がれ合うて山眠る

商戦の街初雪に浄《きよ》めらる

女神像邪鬼《じゃき》もひと色雪まつり

冬《ふゆ》蝶《ちょう》や神発《た》ちませし弥彦道

この深雪一郷の屋根一と繋《つな》ぎ

新幹線地の底走る深《み》雪《ゆき》村

一《いっ》水《すい》のひかり北指し凍《い》つる村

除雪車のしるべの棒のはや傾《かた》ぎ

萱《かや》屋根の日をむさぼれり冬《ふゆ》雀《すずめ》

雪止みし篁《たかむら》あえかなる華やぎ

搗《つ》き上げし米のぬくとし雪催《ゆきもよ》ひ

寄鍋やすみやかならぬ吾が咀《そ》嚼《しやく》

毛糸帽妻のおふるで十二分

碁《ご》客《かく》来ぬ冬至の空気締まりけり

波のはなそのひかり負ひ良寛堂

初明り群礁《しょう》に似て峡《たに》百戸

移り住む吉相の地の淑気《しゅっき》かな

消せぬ痕《あと》胸に一線初湯《はつゆ》かな

餅や蕎麦《そば》わが胃に無縁松の内

七日粥掟《おきて》やぶりの腹九分

腹に聞き少し余しぬ七日粥

父の世の握り艶の柄《え》鍬《くわ》始《はじめ》

どんど焼き夜《よ》勢《ぜい》のごとく吾も居り

どんどの香交へ松《しょう》籟《らい》つのりけり

左《さ》義《ぎ》長《ちょう》や火のかけらとて神のもの
越後一の宮まで睨《にら》む喧《けん》嘩《か》凧《だこ》

大寒やもの問はんには人速し

大寒や棒のごと人すれちがふ

律《りち》儀《ぎ》なる深《み》雪《ゆき》見舞の文字滲《にじ》み
我が誕《たん》日《じつ》深雪とは母ことぐさに

米寿われ冬将軍に真向かはず

狐火《きつねび》も一つ増えたる村の灯《ひ》ぞ

霏《ひ》々《ひ》と雪頭《ず》寄せて柩《ひつぎ》濡らすまじ

雪虫が遊びせんたく日《ひ》和《より》かな

雪虫に一天翳《かげ》りなかりけり

雪を被《き》て樹々それぞれの器量かな

茶柱や雪も一段落せしか

雪《ゆき》吊《つり》や加賀の衆にも負けまじく

眠る山負ひて善作茶屋閉づる

寒《かん》鯉《ごい》の唇《くち》に弥彦嶺影寄する

わけ隔て無く凍りをり千枚田

樹氷見し目を青空に休めけり

樹《じゅ》氷《ひょう》林《りん》美人林の名の矜《きょう》恃《じ》

懐《ふところ》手《で》解《と》いて連《れん》署《しょ》の筆を持つ

出す角ははや持たずなる懐手《ふところで》

着ぶくれて仔細《しさい》逃さぬ耳目《じもく》かな

少し飽く妻のお古の毛糸帽

一人《ひとり》居《い》の言葉の溜まる四《し》温《おん》かな

就職祝少し弾みぬ春《はる》隣《どなり》

五合庵辺り跨《また》ぎて時《し》雨《ぐれ》虹《にじ》

五合庵あたり最も初がすみ

あとがき

私がまだ幼い頃、「真理子、この句はいい句だよ！」〈盆の疲れ負ひ東京の日に帰る〉と詠んでくれた記憶が蘇る。私が帰省すると、その時の心情をなにかしら一句にして嬉しそうに教えてくれる父の顔が懐かしい。

休日になると我が家では来客があり、座敷では大人達の将棋を指す音が響きわたる。傍らでせっせとお茶出しをしている母の姿があった。また夏のお祭りが近づく時期には、奉納する句を筆でしたためている父の姿が想い出される。

私達三人の子供、そして六人の孫の中にも父のＤＮＡを受け継ぐものは未だいない。それが父としては、なんとも残念であったことだろう。私にも俳句をやってみないかい、と。私の次男にも一句作って送って、と。しかし、それも惨敗に終った。晩年はひ孫も三人、大事に育てろが口癖だった。躾に厳しい父であったが、情深く義理堅く自慢の父であった。

父亡き後《あと》、残された母が「偉大な人だったなぁ……句集を作ってあげられたら」とポツンとつぶやいた。100歳まで生きるが口癖だったが突然逝ってしまった。さて、どこに父の句があるんだろう？　かねてから誰も入れなかった書斎に入り、残されているものがないのか毎日探し続ける日々が続いた。ようやくこちらにある句を村上喜代子先生にお渡しすることが出来てほっとした。

村上先生は大変お忙しい中、玉舟の為に快く編集と序文のご執筆をお引き受けいただき、句集づくりについて一からお教えを賜り、応援してくださいました。心より感謝御礼を申し上げます。

またコールサック社様にも、出版にあたってご無理を快く受けていただき、厚く御礼申し上げます。

この遺句集の中に収められた句を読んで、亡き父の心情に思いを馳せ、まずは五合庵を訪れてみたいと思います。

長女　村松真理子

娘の成人式で足利の大銀杏の前で写真を撮った時に、こんな情景を俳句で残せたらと、初めて一句詠み父に電話したことがあった。父は、「残念ながらこの句は季重なりと言って、季語が二つあって、うまくないんだて」と優しく教えてくれた。それから程なくして、数冊の歳時記と俳句入門の本が送られてきた。おそらく私が俳句に興味を持った事が本当に嬉しかったのだろう。つねづね、俳句も将棋も俺の後を継いでくれるものが一人もいないと嘆《なげ》いていたが、寂しかったに違いない。

私は相当な頑固オヤジの部類に入る父を瞬間湯沸かし器と呼んでいて、俳句もさぞかし難しい荒々しい句を詠むのではないかと思っていた。亡くなってはじめて目にした父の句が、どれも温かく、ほのぼのとしていて、なんでもっと興味を持ってあげられなかったんだろうという後悔で、涙がとめどなくあふれた。

孫の言葉を借りれば、着流しが似合う文化人であったおじいちゃん、出かける時には必ず香水をつけ、帽子をかぶっていた格好よい父が思い出される。

常々父に、子供達を大事に育ててくれと言われていた。不器用な父であったが、子供や孫、曾孫の事をいつも誰よりも案じていた。いつか父の遺志を受け継ぐ子孫が現れてくれたらいいなと心から思う。

色々な方々のお力をお借りして、こうして遺句集が出来上がり、父の遺した句を一人でも多くの方にみていただき、父 玉舟を忘れないでいただける事が、私達遺族の願いであり、幸せであります。きっとこの遺句集を見て、父も空の上で「よしたよした（よくやった）」と言ってくれている事でしょう。

最後に、父以外俳句に関わるものがいない私達家族が、こうして本を出版できたのも、いには俳句会の村上喜代子先生、コールサック社様にご尽力をいただいたからにほかありません。

この場をお借りして、心より感謝申し上げます。

次女　桑原美也子

玉舟は、生まれ育った南魚沼の四季折々の風情を俳句に取り入れ、晩年は南蒲原に住居を移し、俳句と将棋に没頭する日々を過ごしておりました。

俳句と将棋とお酒をこよなく愛し、最期の時までペンを握りながら旅立ちました。なんと幸せな人生だったことでしょう。

いには俳句会の句会があると、意気揚々と出掛けていた姿が思い出されます。皆様のお仲間に入れていただき、厚く御礼申し上げます。

そして故人となった今、村上喜代子先生の多大なる御尽力のもと、この遺句集が出来たことを親族一同心より感謝申し上げます。

長男　髙橋勝彦

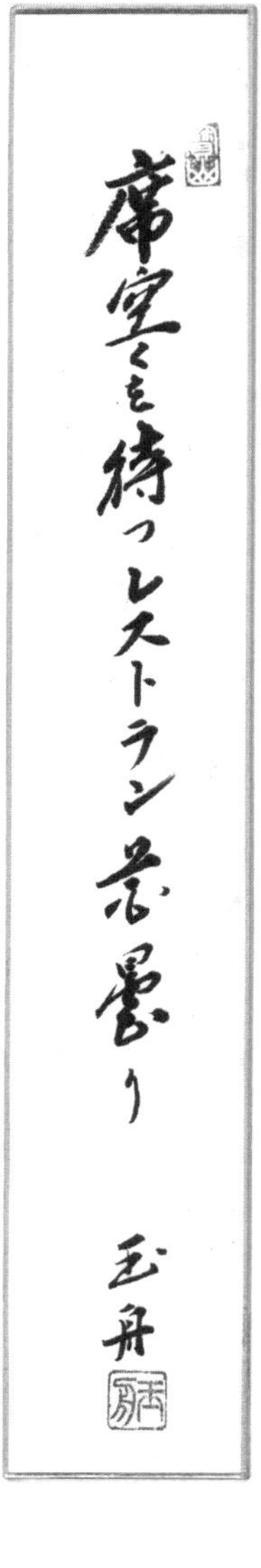

席空くを待つレストラン花曇り

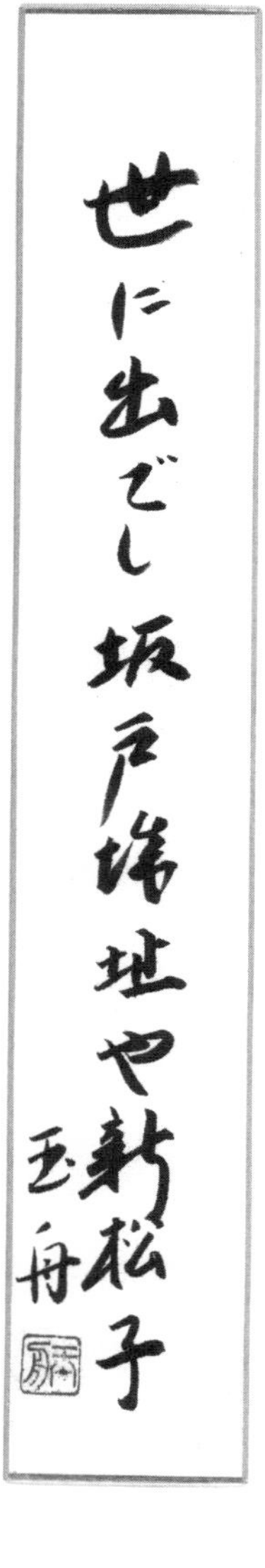

世に出でし坂戸城址や新松子《しんちぢり》

大いなる闇《やみ》の刈田に人のこゑ

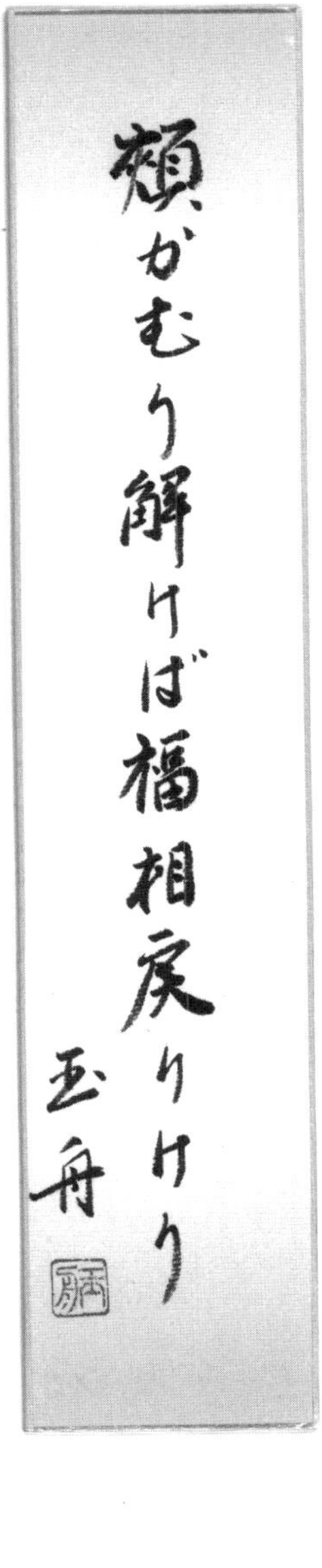

頰かむり解けば福相戻りけり

玉舟（要一）32歳の頃

ねんりんピック入賞　76歳

ダイヤモンド婚　玉舟（要一）83歳　春代82歳

著者略歴

髙橋玉舟（たかはし　ぎょくしゅう）

本名　髙橋要一

昭和八年　新潟県南魚沼郡大和町に生まれる

昭和二十九年　祖父の影響で俳句を始める

大和町立薮神小学校ＰＴＡ会長

大和町文化協会会長

大和町民生委員

大和町心配事相談員

三魚沼連合将棋会会長

魚沼新報詰将棋コーナー担当

県認定・生涯教育指導講師（将棋部門）

全国ねんりんぴっく将棋部門にて新潟県代表として六度出場

　第十一回において三位の成績を収める

第十二回全国きき酒選手権大会新潟県代表出場

俳句誌「いには」会員

第五回いには同人賞受賞

令和三年二月二十日永眠

著作権継承者・髙橋春代

住所　〒959-1502　新潟県南蒲原郡田上町大字田上丁1918-20

石炭袋

高橋玉舟 遺句集　初がすみ

2022年2月26日初版発行

著　者　　　高橋玉舟

著作権継承者　高橋春代

編　集　村上喜代子

発行者　鈴木比佐雄

発行所　株式会社 コールサック社

〒173-0004　東京都板橋区板橋2-63-4-209

電話 03-5944-3258　FAX 03-5944-3238

suzuki@coal-sack.com　http://www.coal-sack.com

郵便振替　00180-4-741802

印刷管理　（株）コールサック社　制作部

装幀　松本菜央

落丁本・乱丁本はお取り替えいたします。

ISBN978-4-86435-499-8　C0092　￥2000E